저자 안영진

드립 치는 걸 좋아한다. 그래서 유튜브로, 인스타그램으로, 책으로 열심히 드립을 치는 중이다. 자기가 친 드립에 다른 사람이 웃어주길 바라지만 자기 뜻대로 되지 않는다.

드립이 책이 되다

발 행 | 2021년 8월 30일
저 자 | 안영진
표지 디자인 | 안영진
편집 | 안영진
펴낸이 | 한건희
펴낸곳 | 주식회사 부크크
출판사등록 | 2014.07.15.(제2014-16호)
주 소 | 서울특별시 금천구 가산디지털1로 119 SK트윈타워 A동 305호
전 화 | 1670-8316
이메일 | info@bookk.co.kr

ISBN | 979-11-372-5516-6

이 책에 사용된 글꼴

표지: 고도 B, 빙그레체 II, 예스 명조, 카페24 당당해

내지: 만화진흥원체, 이롭게 바탕체 OTF, 본명조, 본고딕, 순바탕,
독립서체 윤동주 별헤는밤 GS, 마루 부리 OTF Beta

이 제작물은 아모레퍼시픽의 아리따글꼴을 사용하여 디자인 되었습니다.
이 책에는 마포구에서 제공한 Mapo 금빛나루 글꼴과
고양시청에서 제공한 고양일산체가 사용되었습니다.

www.bookk.co.kr

드립을 치는 모든 이들에게

목차

들어가는 말

나는 여기저기 흩어져 있는 내 드립들을 하나로 모을 필요를 느꼈다. 그래서 이 책에 모았다. 카톡과 페이스북 메시지를 주고받으며 쳤던 드립, 그리고 댓글, 에브리타임, 카톡 상태 메시지, 인스타그램 스토리, 문자로 쳤던 드립들을 다 모았다. 내가 책 낼 때마다 책 읽을 때 배꼽 단단히 붙잡고 있으라고 말하는데 이번 책은 진짜다. 이번에 배꼽 빠지면 난 책임 못 진다. 여러분들이 배꼽을 안 잡고 있으면 배꼽한테는 알아서 살아남으라고 하는 수밖에.

Life's Good

대학생 커뮤니티인 에브리타임에는 추천곡 게시판이 있다. 여기서 누가 LG 벨소리인 Life's Good을 추천했다. 나는 이 노래가 The Real Group의 노래라고 댓글을 달았다. 글쓴이는 드립으로 쓴 거였는데 내가 설명해 줘서 잠자코 있었다는 게 웃겼다.

익명
11/21 15:00

LG - Life's Good
마음이 따뜻해져

👍 1 💬 4 ☆ 0

익명
11/21 17:48

The Real Group이라는 아카펠라 팀이 LG랑 손잡고 만든
노랜데 좋음

익명
11/21 23:55

댓글없었으면 드립인줄 Samsung - three stars 같은

↳ **익명(글쓴이)**
11/21 23:56

사실 드립이었는데 댓글이 설명해줘서 잠자코있었음

↳ **익명**
11/21 23:56

머여   ㅋㅋㅋㅋㅋㅋㅋ

갈릴리에서는 바다가 갈릴 리 없지

카톡 상태 메시지를 '갈릴리에서는 바다가 갈릴 리 없지'로 하려고 했다. 그런데 갈릴리에서는 진짜 바다가 갈린 적이 없었는지 궁금해졌다. 그래서 청년부 목사님께 여쭤봤는데 갈릴리에서는 바다가 갈린 적이 없다고 하셨다.

목사님

질문이 하나 있는데

갈릴리에서 바다가 갈린 적이 있습니까

오후 8:36

목사님
질문에 대한 대답은 노!!

홍해가 갈라졌지

오후 8:37

그렇군요

오후 8:37

목사님
요단강이 갈라졌지

오후 8:37

감사합니다

오후 8:37

목사님
갈릴리 바다(호수)는 예수님께서 걸어가셨지^^

오후 8:37

13

감도 불량

수신양호한지 오후 9:17

감도 불량

배도 불량

사과도 불량 오후 9:25

친구랑 카톡하다가 친 드립이 상태 메시지가 된 사례다. 군대에서 무전기로 말할 때 잘 들리면 감도 양호, 잘 안 들리면 감도 불량이라고 했다.

안영진

감도 불량, 배도 불량, 사과도 불량

나와의 채팅   프로필 편집   카카오스토리

개근상 말고 개그상

나는 고등학교에서 개그상을 받기를 바랐는데 개근상을 받았다. 그래서 내가 나한테 개그상을 주기로 했다. 내가 남고에서 3년 동안 친 드립이 한 트럭인데 이 정도면 학교에서 눈치껏 상 줘야 하는 거 아닌가.

상 장

3년개그상

3학년 10반
성명 : 안영진

　위 학생은 근면한 생활과 성실
한 태도로 3개년간 개그하였으므
로 이 상장을 수여합니다.

2018년 02월 07일

창원남고등학교장 박판주

살아넘치는 개드립

군대 후임이었던 애가 해군 청해부대를 갔다. 그래서 이 친구한테 한 번씩 드립을 곁들인 인터넷 편지를 써줬다.

 영진햄 편지 잘밤씁니다 ㅋㅋㅋㅋㅋㅋㅋㅋㅋㅋ

개드립 아직 생생하게 살아 넘치지말입니다
(~˘˘)~ (๑🔲๐🔲)

2020. 11. 2. · 휴대폰에서 보냄

ㅋㅋㅋㅋㅋㅋㅋㅋ

2020. 11. 2.

개드립이 그리울 줄은

청해부대 갔던 후임이 한국으로 돌아온 날이었다. 내가 수고했다고 버거를 하나 보내줬다.

이쯤 되면 봐주는 상메

내 상태 메시지 봐줘서 고맙다 친구야.

거북이
재미없는거 미네
오후 5:19

사자
영진인줄
오후 5:19

거북이
이쯤되면
봐주는 영진 상메
오후 5:19

경찰
영진이라니
오후 5:19

거북이

안영진
고려사항
신라사항

프로필 보기

오우
오후 5:20

21

고려사항

안영진

내가 카톡 상태 메시지를 '고려사항 신라사항'이라고 해놨다. 그러자 대학교 친구가 나를 '신라사항님'이라고 불렀다.

낙타

신라사항님

교수님이 만약에 물어보시면

왜안왔는지 모른다고해주세요

오전 8:23

ㅋㅋㅋㅋㅋㅋㅋㅋㅋㅋ

오전 8:25

국장

국가장학금을 줄여서 국장이라고 한다. 국장에 청국장 드립을 친 친구가 드립을 나한테 배웠다고 했다. 어이가 없네. 나한테 배우면 드립을 그렇게 재미없게 치지 않는다.

국장그거

사슴

나옴

3.0부터
오후 3:28

곰

청국장?

깔깔깔

오후 3:29

사슴

그딴드립

배우지마라
오후 3:29

곰

미안...
오후 3:29

곰

영진이한테배워서그럼
오후 3:29

군대 가서는

오토바이
잘 갔다와!!! 군대가서는 형의 그 재미난(??)드립은 자제해
주길~

2년 좋아요 답글 달기 더 보기

안영진
응 그래 고마워

2년 좋아요 답글 달기 더 보기

자동차
드립 그리울거야.~ 👍 1

2년 좋아요 답글 달기 더 보기

안영진
감사합니다

2년 좋아요 답글 달기 더 보기

군대 가서 드립 자제하라는 댓글이 달렸다. 나는 군대에서
당연히 드립 자제 따윈 안 했다. 드립이 일상이었는 걸.

신병 때 개드립 치기

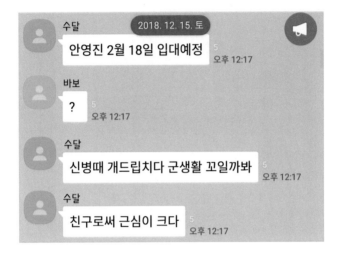

수달   2018. 12. 15. 토
안영진 2월 18일 입대예정
오후 12:17

바보
?
오후 12:17

수달
신병때 개드립치다 군생활 꼬일까봐
오후 12:17

수달
친구로써 근심이 크다
오후 12:17

    나는 신병 때 드립을 안 쳤다. 눈치가 보여서 못 쳤다고 하는 게 맞겠다. 내가 본격적으로 드립 치기 시작한 건 상병 때부터다.

북한군과 개드립

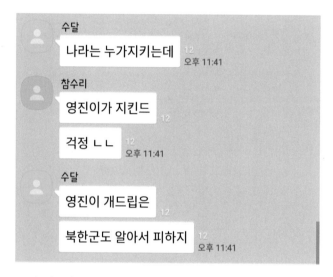

내 개드립은 북한군도 알아서 피한다는 건 맞는 말이다. 북한군이 못 쳐들어오는 건 중2들 때문이 아니라 내 드립 때문이니까.

기름 충전

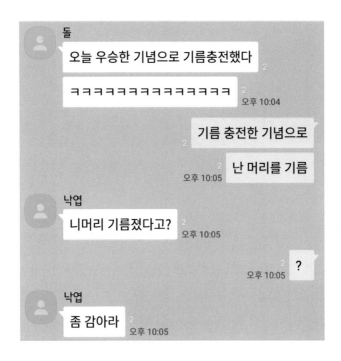

돌
오늘 우승한 기념으로 기름충전했다
ㅋㅋㅋㅋㅋㅋㅋㅋㅋㅋㅋㅋㅋ
오후 10:04

기름 충전한 기념으로
난 머리를 기름
오후 10:05

낙엽
니머리 기름졌다고?
오후 10:05

?
오후 10:05

낙엽
좀 감아라
오후 10:05

나는 거울이다

인스타그램 스토리는 드립 치기에 정말 좋은 기능이다. 24시간이 지나면 사라지기 때문이다. 누가 스토리를 봤는지, 누가 읽었는지도 뜨기 때문에 게시물로 올리는 것과 다른 매력을 가지고 있다.

나는 거울이다.

오늘 할 일을 자꾸 내일로 MIRROR서....

[아니 이거 나만 웃기냐?]

공유하기...   더 보기

남산천

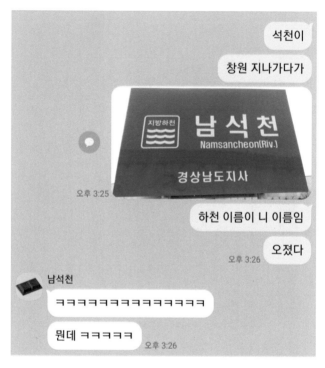

남산천 표지판을 보고 고등학교 친구인 남석천이 생각났다.

역사는 흐른다.

남산천처럼...

남자는 정시

아는 동생이 남자는 정시라고 외쳤다. 대학을 정시로 갈 거니까 '정시로'가 부른 <나>를 프로필 뮤직으로 설정했다.

1:1채팅   무료통화   카카오스토리

내가 드립 짬이 몇 년인데

군대 후임이 친 체리 드립이 재밌어서 아는 동생한테 써먹었다.

혹시 체리 좋아하냐

정신체리

라

오후 8:57

악어

설마 그 오랜 시간동안 군대안에서
썩어있으면서 생각해낸게 고작 이거
하난 아니겠지...?

오후 9:28

후임이 친 거 웃겨서 써먹은 거다
임마

오후 9:28

내가 드립 짬이 몇 년인데

오후 9:29

악어

아 난 또 실망할 뻔 했잖아ㅎㅎ

오후 9:29

37

넘사벽

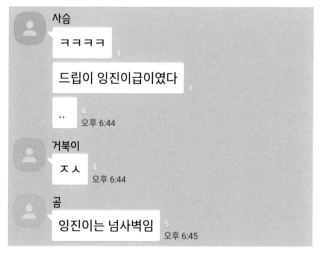

무슨 의미로 나를 넘사벽이라 했는지는 모르겠다. 드립이 영진이급이라는 건 칭찬인가.

노잼 드립

 곰
잉진이 가제이~~ 니없으면 노잼드립누구한테듣노ㅜㅜ

2년   좋아요   답글 달기   더 보기

 안영진

2년   좋아요   답글 달기   더 보기

첫 번째, 내 드립은 노잼이 아니다.

두 번째, 저 댓글을 쓴 친구는 나보다 재미없다.

알고 덤벼라 인마.

당면

 너는 일상에서 아이디어가
넘치는구나 영진아

원래 아이디어는 일상에서 넘쳐야 하는 법.

당신의 드립에 축복을

부엉이 ▶ 안영진
3시간 · 👥

아아 스승님 생일축하드립니다
나날이 발전하는 당신의 드립에 축복을...
생축!

👍 안영진   댓글 2개

👍 좋아요   💬 댓글 달기   ↗ 공유하기

내 드립을 축복해줘서 고맙다.

대문짝

 단풍 내가 대문짝만하게
나온 커피사진을 올렸구나?ㅎㅎㅎㅎㅎㅎ

1시간　답글 달기

 an.yeongjin @단풍
대문짝만한 대문자

56분　좋아요 1개　답글 달기

 단풍 @an.yeongjin
ㅋㅋㅋㅋㅋㅋㅋㅋㅋㅋㅋㅋㅋㅋ
ㅋㅋㅋㅋㅋㅋㅋㅋㅋㅋㅋㅋㅋㅋ
ㅋㅋㅋㅋㅋㅋㅋㅋㅋㅋㅋㅋ아
웃겨ㅋㅋㅋㅋㅋㅋㅋㅋㅋㅋ

14분　답글 달기

대문자가 대문짝만하려면 얼마나 커야 하지?

도끼 선물

아는 동생이 수능 친다길래 선물을 보내줬다.

고래

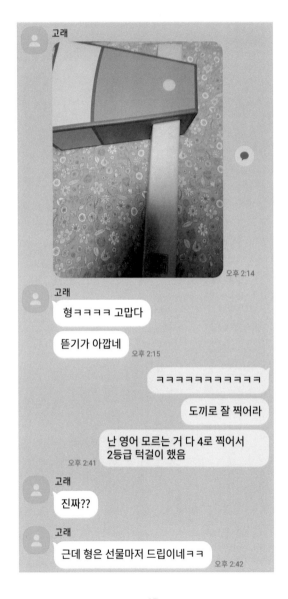

오후 2:14

고래

형ㅋㅋㅋㅋ 고맙다

뜯기가 아깝네 오후 2:15

ㅋㅋㅋㅋㅋㅋㅋㅋㅋㅋ

도끼로 잘 찍어라

난 영어 모르는 거 다 4로 찍어서
2등급 턱걸이 했음

오후 2:41

고래

진짜??

고래

근데 형은 선물마저 드립이네ㅋㅋ

오후 2:42

도둑녀석

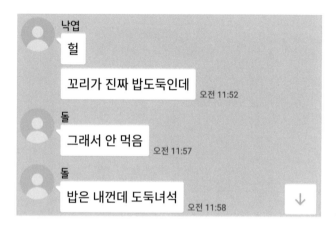

이게 바로 발상의 전환이다.

드립 자제 좀

드립 자제하는 게 좀 어렵네. 미안. 그건 안 될 것 같다.

드립 치는 거에 맛 들렸는데

내가 니 치는거에 맛 들리게 하지마라

좋아요를 표시하려면 두 번 누르세요

ㅋㅋㅋㅋㅋㅋㅋ 네 형님

드립 캡처해서 뿌리기

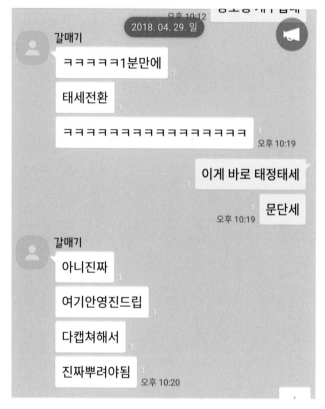

내 드립 캡처해서 뿌려야 된다길래 이 책에 뿌리는 중이다.

드립 학원

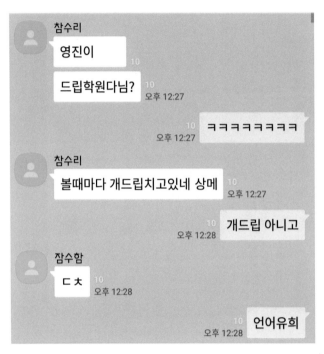

드립 학원 안 다님. 독학이다 친구야.

드립력 상승

 오리 눙지니 고등학교가더니 드립력이 상승햇네
2015년 5월 18일 오후 10:10 · 좋아요 · 👍1

　내가 국어 지문에 지문을 찍은 사진을 올린 적이 있다. 중학교 때 친구가 이렇게 댓글을 달았다. "눙지니 고등학교 가더니 드립력이 상승했네."

드립에 나도 모르게

가끔 너의 드립에 나도 모르게

웃고 있단다

오 ㅋㅋㅋㅋㅋ 고맙다

드립으로 코로나 쫓아내기

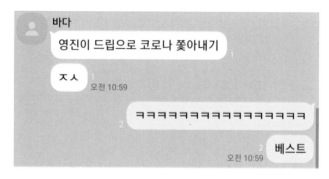

내 드립으로 코로나 쫓아낼 수 있었으면 좋겠네.

드립은 졸업하지 않았다

안영진
마 솔탈이가. 난 해탈이다

5분   좋아요   답글 달기   더 보기

수달
안영진 정신 나갔나

4분   좋아요   답글 달기   더 보기

안영진
당근이지

4분   좋아요   답글 달기   더 보기

수달
졸업했다이가 이제그만

3분   좋아요   답글 달기   더 보기

안영진
난 학교를 졸업했지 드립은 졸업하지 않았다

2분   좋아요   답글 달기   더 보기

드립의 이동

　나는 폰을 산 2017년 11월부터 2021년 3월까지 카톡 상태 메시지로 드립을 쳤다. 그러다가 드립을 한곳에 모아놔야겠다는 생각이 들었다. 누구든지 한 번에 드립들을 볼 수 있게 말이다. 그래서 그동안 카톡 상태 메시지로 쳤던 드립들을 인스타그램으로 옮겼다. 계정 이름은 '드립 한 줄'로 했다. 인스타그램으로 드립을 치기 시작한 후로는 카톡 상태 메시지로 드립은 안 쳤다. 아쉬운 소식이다(나만 아쉽나?).

onedrip1999 ⌄   ⊕   ☰

드립
한 줄

75	26	24
게시물	팔로워	팔로잉

드립 한 줄
@y_jean141
읽다가 빠진 배꼽은 여기 두고 가세요.

프로필 편집	⌄

⊞   ⃞

―――――――――――――

배우의 연기가   꼬깃꼬깃   시장에 가면
　　　연기처럼 안 사라지길   고깃집   　　　가면이 있다

국자로 저었더니   개가 굴에 들어가면   양이 치질에 걸리면
국 짜   개굴개굴   　　　양치질

나는 고무에   의사와 소통하면   기차가 기적을
한껏 고무되었다   의사소통   울리는 건 기적이다.

⌂   🔍   ▶️   🛍️   (드립한줄)

딜리버리

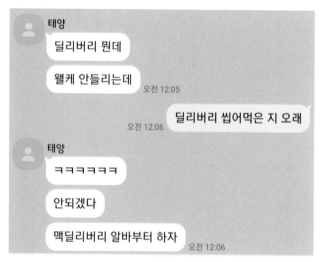

태양
딜리버리 뭔데
왤케 안들리는데
오전 12:05

딜리버리 씹어먹은 지 오래
오전 12:06

태양
ㅋㅋㅋㅋㅋㅋ
안되겠다
맥딜리버리 알바부터 하자
오전 12:06

친구가 내 랩 딜리버리 왜 이러냐고 하면서 맥 딜리버리 알
바를 하자고 했다. 딜리버리는 랩 가사가 얼마나 잘 들리느냐
를 말한다.

마케팅 제안

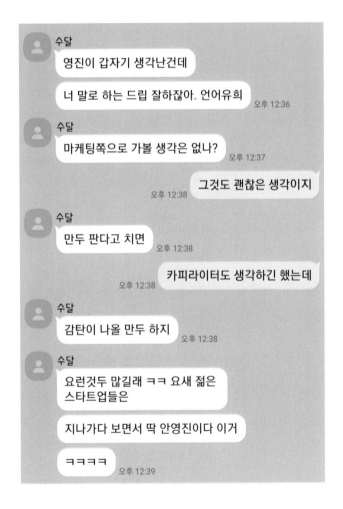

> **수달**
> 영진이 갑자기 생각난건데
> 너 말로 하는 드립 잘하잖아. 언어유희
> 오후 12:36

> **수달**
> 마케팅쪽으로 가볼 생각은 없나?
> 오후 12:37

> 그것도 괜찮은 생각이지
> 오후 12:38

> **수달**
> 만두 판다고 치면
> 오후 12:38

> 카피라이터도 생각하긴 했는데
> 오후 12:38

> **수달**
> 감탄이 나올 만두 하지
> 오후 12:38

> **수달**
> 요런것두 많길래 ㅋㅋ 요새 젊은
> 스타트업들은
> 지나가다 보면서 딱 안영진이다 이거
> ㅋㅋㅋㅋ
> 오후 12:39

몇 기야?

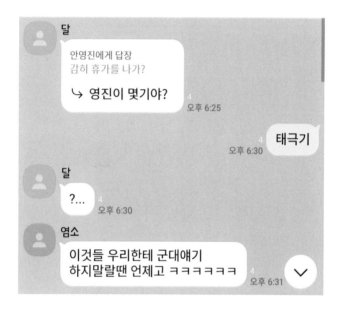

몇 대 맞을래?

잠깐만. 부산대 학생 수가 28,124명으로 나오는데 그만큼 맞으면...

모더나

이모한테 혹시 모더나 백신 맞으셨냐고 여쭤보고 싶었는데 안 그랬다.

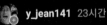

y_jean141 23시간

모더나 맞은 사람이
이모더나?

(이모 아님)

공유하기... Facebook 더 보기

스토리에 답장이 있습니다

ㅋㅋㅋㅋㅋ 이거 쫌 치는듯 행님

얼룩말

영진이

모더나 드립보고

고혈압오더라

오후 1:20

64

모세에게도 혈관이 있었다

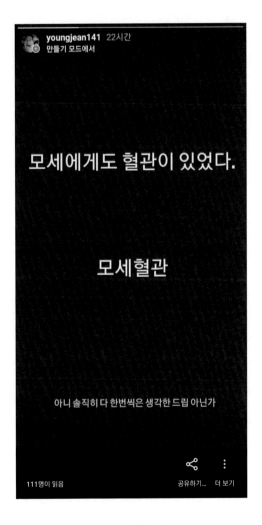

무에서 유 창조하기

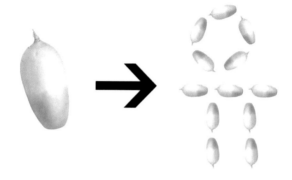

내가 무에서 유 창조한 사진을 카톡 프로필 사진으로 했었다.
그러자 한 명이 이게 드립인 걸 알아챘다.

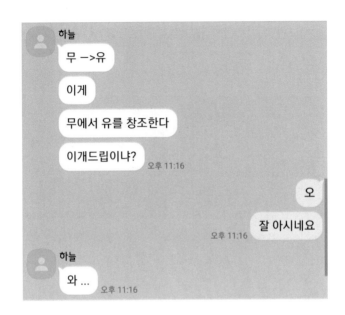

문학에 비가 내리면 비문학

　카톡 상태 메시지를 '문학에 비가 내리면 비문학'이라고 했다. 아는 누나가 이번 상메는 진짜 아니라면서 바꿔 달라고 했다.

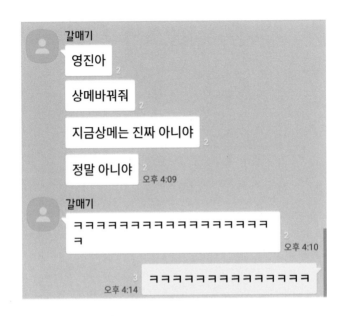

69

부산에서 제일 큰 자라

에브리타임에서 누가 부산에서 제일 큰 '자라'가 어디냐고 물었다. 그래서 내가 아쿠아리움 가보라고 했다. 물론 글쓴이가 말하는 '자라'는 동물이 아닌 패션 브랜드지만.

익명
09/20 17:36

부산에서 제일 큰 자라

어딘지 아는 사람 ?!

👍 0　💬 10　☆ 0

익명　　　　　　　　　　　09/20 17:41
서면 아닌가

↳　**익명(글쓴이)**　　　　　09/20 17:48
그런가봐

익명　　　　　　　　　　　09/20 17:59
아쿠아리움 가보세요

↳　**익명(글쓴이)**　　　　　09/20 18:05
거기밖에 없으려나...

↳　**익명**　　　　　　　　　09/20 18:58
ㅋㅋㅋㅋㅋㅋㅋㅋㅋㅋㅋㅋㅋㅋ뭐야 지나가다
터졋네

↳　**익명**　　　　　　　　　22분 전
와 방심했다

비대면

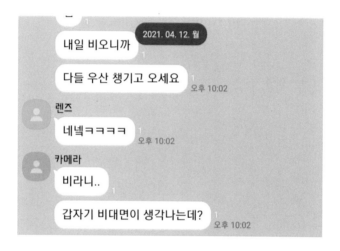

2021. 04. 12. 월

내일 비오니까

다들 우산 챙기고 오세요
오후 10:02

렌즈

네넼ㅋㅋㅋㅋ
오후 10:02

카메라

비라니..

갑자기 비대면이 생각나는데?
오후 10:02

비 안 올 때도
비대면입니다.

사람의 외면을 외면하지 마

카톡 상태 메시지를 '사람의 외면을 외면하지 마'라고 했었다. 그러자 친구가 '사람이 내면을 내면 받아줘라' 어떠냐고 했다. 응 재미없어.

견시

사람의 외면을 외면하지마.

맞는다 진짜

ㅋㅋㅋㅋㅋㅋㅋㅋㅋㅋㅋㅋㅋㅋㅋ
ㅋㅋ

오후 10:14

ㅋㅋㅋㅋㅋㅋㅋㅋㅋㅋㅋㅋㅋ

견시

사람이. 내면을 내면 받아줘라   오후 10:14

견시

뭐 이런거도 ㄱ ㅊㅇ은듯

ㅋㅋㅋㅋㅋㅋㅋㅋㅋㅋㅋㅋㅋㅋㅋ
ㅋ

오후 10:15

사리면

상메 좀 바꾸면 안 되나

상어
2018. 07. 24. 화

아니 근데

영진이오빠 상메 좀 바꾸면 안되나
오후 6:24

상어

뭐 바꿔봤자 이상한 드립이겠지만......

그럴바엔 아예 안하는거 어때
오후 6:25

ㅋㅋㅋㅋㅋㅋㅋㅋㅋㅋㅋ

생각해 볼게
오후 6:32

상어

ㅋㅋㅋㅋㅋㅋㅋㅋㅋㅋㅋ

오빠 드립칠때마다 때리고 싶거든
오후 6:33

상어

오빠도 봤제 나 손 얼마나 매운지
오후 6:34

ㅋㅋㅋㅋㅋㅋㅋㅋㅋㅋㅋ

그래도 니 앞에선 사리는 편인데
오후 6:37

새내기 들어오면

공지 새내기게시판 공지사항

익명　　　　　　　　　　　　　　방금

나도 새내기 때 도움 받았으니까
새내기 들어오면 새 내게 해야지~
새 잡아 오라고 시켜야겠다

👍 0　💬 0

익명　　　　　　　　　11/11 14:08

나도 새내기 때 도움 받았으니까
이제 들어오는 새내기들 도와줘야지

👍 0　💬 4

　　18학번이었던 내가 군대 갔다 와서 복학하니까 21학번이 새내기로 들어와 있었다. 새내기들에게 새를 내게 해야겠다는 내 목표는 조용히 접었다.

새내기 되는 법

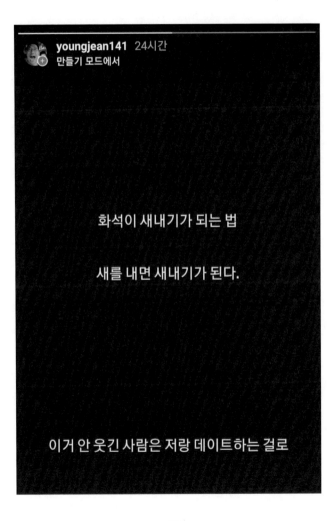

youngjean141 24시간
만들기 모드에서

화석이 새내기가 되는 법

새를 내면 새내기가 된다.

이거 안 웃긴 사람은 저랑 데이트하는 걸로

세계 최강 드립

[스팸문자]

-안영진

스팸문자 ㅋㅋㅋㅋㅋㅋㅋㅋㅋㅋㅋ
니 드립은 세계 최강이다
진짜ㅋㅋㅋㅋㅋㅋㅋㅋㅋ

오후 2:44

2018년 설날 때 친구한테 스팸 문자를 보냈다.

소식이 안 들려서

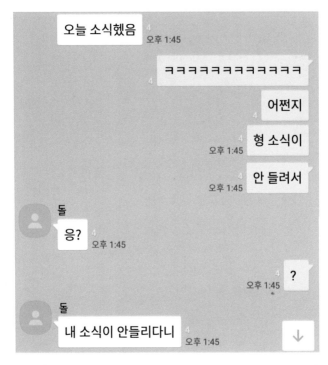

드립을 던졌을 때 상대방이 못 알아듣는 경우가 있다. 이때 명심해야 할 것은 설명하면 안 된다는 것이다. 상대방이 못 알아들은 드립은 그대로 흘러가게 놔둬야 한다.

속이 쓰리긴 하지

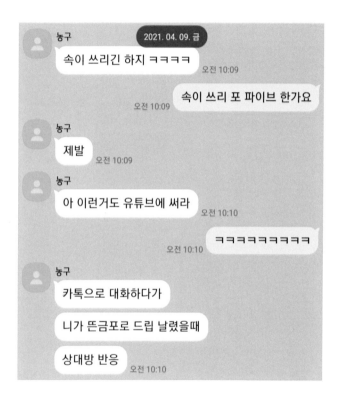

농구
2021. 04. 09. 금
속이 쓰리긴 하지 ㅋㅋㅋㅋ
오전 10:09

속이 쓰리 포 파이브 한가요
오전 10:09

농구
제발
오전 10:09

농구
아 이런거도 유튜브에 써라
오전 10:10

ㅋㅋㅋㅋㅋㅋㅋㅋ
오전 10:10

농구
카톡으로 대화하다가

니가 뜬금포로 드립 날렸을때

상대방 반응
오전 10:10

솔로몬

솔로인 내가 바로 솔로몬.

스팸문자

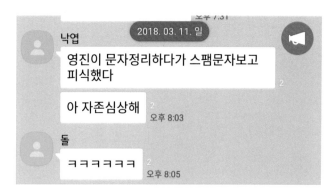

내 드립에 피식한 게 자존심 상한다는 애들이 가끔씩 있었다. 내가 계속 드립을 칠 수 있는 원동력은 이런 반응에서 나온다.

안영진에는 노잼이 들어간다

안영진
2018년 11월 12일 오전 12:29 · 👥

전주비빔밥엔 음악이
전주로 들어간다.
산채비빔밥엔 낙지가
산 채로 들어간다.
육회비빔밥엔 육회가
유쾌로 들어간다.

(페북은 오랜만에 들어와도 노잼이어서
내가 꿀잼으로 만들라고....)

 좋아요　　　 댓글 달기　　　 공유하기

 잭슨님 외 **21명**

 염소
안영진에는 노잼이 들어간다. 1
3년　좋아요　답글 달기　더 보기

안영진
ㅋㅋㅋㅋㅋㅋㅋㅋㅋㅋㅋ 너무하네
3년　좋아요　답글 달기　더 보기

어떻게 이렇게 재미없지

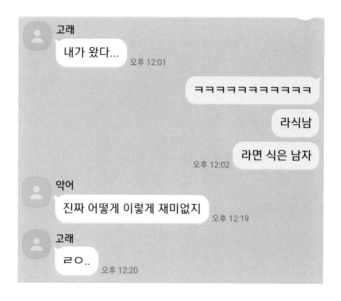

고래
내가 왔다...
오후 12:01

ㅋㅋㅋㅋㅋㅋㅋㅋㅋㅋㅋ

라식남

라면 식은 남자
오후 12:02

악어
진짜 어떻게 이렇게 재미없지
오후 12:19

고래
ㄹㅇ..
오후 12:20

영진이가 애를 셋 낳으면

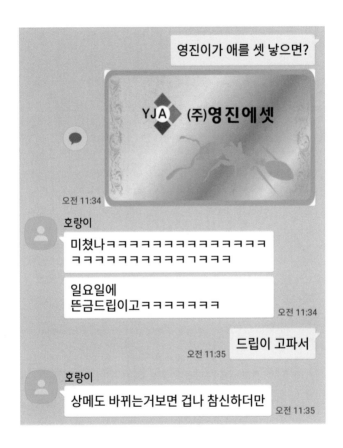

영진이가 애를 셋 낳으면?

(주)영진에셋

오전 11:34

호랑이

미쳤나ㅋㅋㅋㅋㅋㅋㅋㅋㅋㅋㅋㅋㅋㅋ
ㅋㅋㅋㅋㅋㅋㅋㅋㅋㅋㅋㄱㅋㅋㅋ

일요일에
뜬금드립이고ㅋㅋㅋㅋㅋㅋㅋ

오전 11:34

드립이 고파서

오전 11:35

호랑이

상메도 바뀌는거보면 겁나 참신하더만

오전 11:35

영진이형 너무 웃긴데

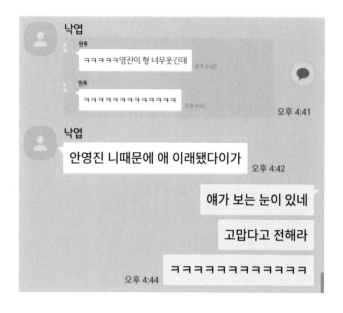

낙엽

원투
ㅋㅋㅋㅋㅋ영진이 형 너무웃긴데 오후 4:40

원투
ㅋㅋㅋㅋㅋㅋㅋㅋㅋㅋㅋ 오후 4:41

오후 4:41

낙엽
안영진 니때문에 애 이래됐다이가 오후 4:42

얘가 보는 눈이 있네

고맙다고 전해라

ㅋㅋㅋㅋㅋㅋㅋㅋㅋㅋㅋ

오후 4:44

내가 좀 웃기긴 하지

하핫

오리온 과자

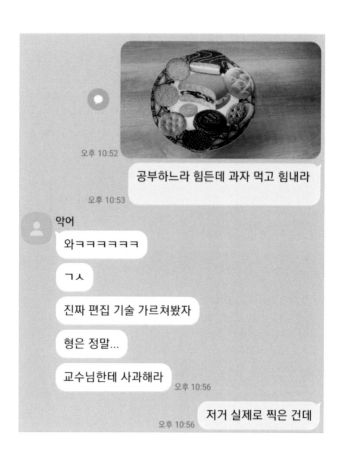

오후 10:52

공부하느라 힘든데 과자 먹고 힘내라

오후 10:53

악어

와ㅋㅋㅋㅋㅋㅋ

ㄱㅅ

진짜 편집 기술 가르쳐봤자

형은 정말...

교수님한테 사과해라
오후 10:56

저거 실제로 찍은 건데
오후 10:56

악어
아니 저걸 다 오렸다고? 오후 11:02

당근이지 오후 11:02
오리온 과자를 오리 옴 오후 11:03

악어
ㅋㅋㅋㅋㅋㅋㅋㅋㅋㅋㅋㅋㅋㅋㅋ

와 진짜 이건
참신했다ㅋㅋㅋㅋㅋㅋㅋㅋ

아ㅋㅋㅋㅋㅋㅋㅋㅋㅋㅋㅋ

진짜 웃기네ㅋㅋㅋㅋㅋㅋㅋ 오후 11:06

기대 없이 던진 드립이 터질 때도 있다. 나는 별생각 없이 친 드립인데 반응이 생각보다 좋을 때가 그럴 때다.

용기가 없어서

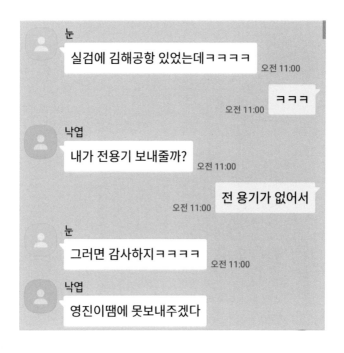

눈
실검에 김해공항 있었는데ㅋㅋㅋㅋ
오전 11:00

ㅋㅋㅋ
오전 11:00

낙엽
내가 전용기 보내줄까?
오전 11:00

오전 11:00
전 용기가 없어서

눈
그러면 감사하지ㅋㅋㅋㅋ
오전 11:00

낙엽
영진이땜에 못보내주겠다

울릉도

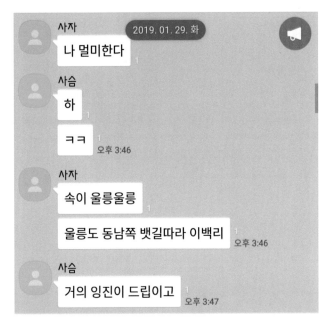

속은 울릉울릉거리는 게 아니라 울렁울렁거리는 거다. 교회 형이 독도경비대 출신이라서 울릉도 얘기를 몇 번 듣긴 했는데.

음성

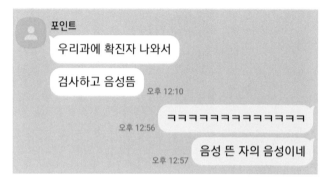

포인트

우리과에 확진자 나와서

검사하고 음성뜸
오후 12:10

ㅋㅋㅋㅋㅋㅋㅋㅋㅋㅋㅋㅋ
오후 12:56

음성 뜬 자의 음성이네
오후 12:57

나는 코로나 음성 판정받은 사람의 음성을 들어 봤다.

이제 스물이니까

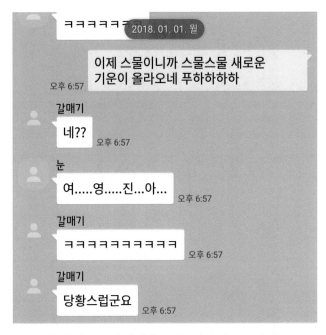

ㅋㅋㅋㅋㅋㅋ 2018. 01. 01. 월

이제 스물이니까 스물스물 새로운
기운이 올라오네 푸하하하하
오후 6:57

갈매기
네?? 오후 6:57

눈
여.....영.....진...아... 오후 6:57

갈매기
ㅋㅋㅋㅋㅋㅋㅋㅋㅋ 오후 6:57

갈매기
당황스럽군요 오후 6:57

스물스물 올라오는 게 아니라 스멀스멀 올라오는 거다.

잎사귀

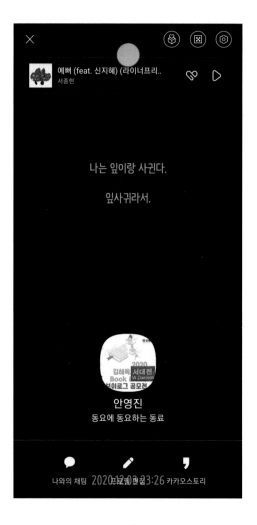

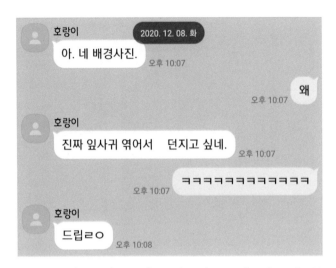

호랑이
아. 네 배경사진.
오후 10:07

왜
오후 10:07

호랑이
진짜 잎사귀 엮어서   던지고 싶네.
오후 10:07

ㅋㅋㅋㅋㅋㅋㅋㅋㅋㅋㅋㅋ
오후 10:07

호랑이
드립ㄹㅇ
오후 10:08

카톡 프로필을 드립으로 해놓으면 그걸 보고 발끈하는 친구들
이 한 번씩 있다.

자리 한번 만들어 봐라

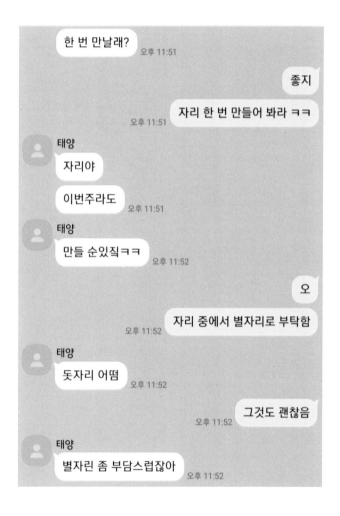

> 한 번 만날래? 오후 11:51
>
> 좋지
>
> 자리 한 번 만들어 봐라 ㅋㅋ 오후 11:51
>
> 태양
> 자리야
>
> 이번주라도 오후 11:51
>
> 태양
> 만들 순있직ㅋㅋ 오후 11:52
>
> 오
>
> 자리 중에서 별자리로 부탁함 오후 11:52
>
> 태양
> 돗자리 어떰 오후 11:52
>
> 그것도 괜찮음 오후 11:52
>
> 태양
> 별자린 좀 부담스럽잖아 오후 11:52

저런 드립 칠 때

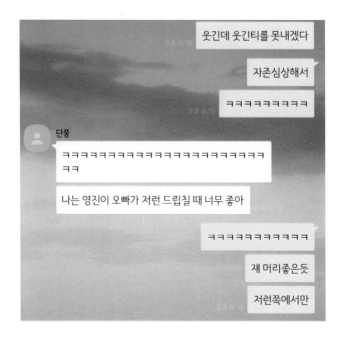

웃긴데 웃긴티를 못내겠다

자존심상해서

ㅋㅋㅋㅋㅋㅋㅋㅋㅋ

단풍

ㅋㅋㅋㅋㅋㅋㅋㅋㅋㅋㅋㅋㅋㅋㅋㅋㅋㅋ
ㅋㅋ

나는 영진이 오빠가 저런 드립칠 때 너무 좋아

ㅋㅋㅋㅋㅋㅋㅋㅋㅋ

쟤 머리좋은듯

저런쪽에서만

전 단지 전단지를 돌렸을 뿐입니다

안영진

나와의 채팅   프로필 관리

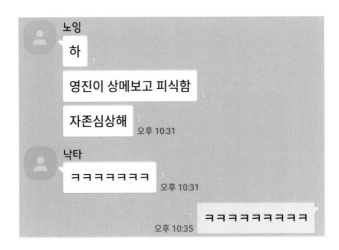

노잉
하
영진이 상메보고 피식함
자존심상해 오후 10:31

낙타
ㅋㅋㅋㅋㅋㅋㅋ 오후 10:31

오후 10:35 ㅋㅋㅋㅋㅋㅋㅋㅋㅋ

　　카톡 상태 메시지를 '전 단지 전단지를 돌렸을 뿐입니다'로 했다. 한 여자애가 이거 보고 피식했는데 그게 자존심 상한다고 했다.

전선이나 꼽아야겠다

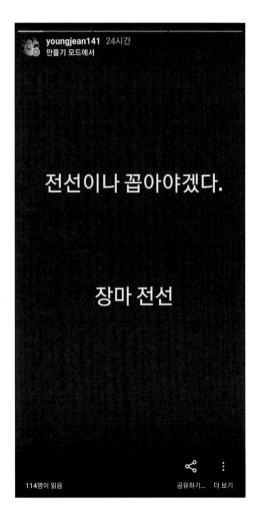

나도 꼽아야겠다.

 니킥

내가 전선 중에 장마 전선 꼽아야겠다고 하니까 아는 형이
자기는 니킥 꽂아야겠다고 했다.

지금은 이미 후임이 전역한 후임

후임이 전역했다길래 카페에서 만났다.

집들이

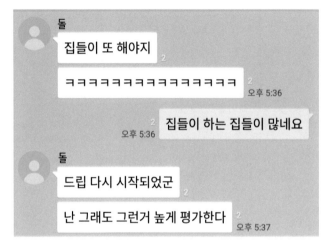

드립 치는 거 높게 평가해 주셔서 감사합니다.

찬물 끼얹기

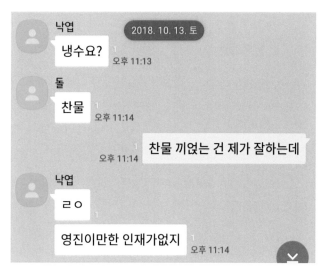

찬물 끼얹는 데 드립만큼 괜찮은 게 없다.

찬물 마시고 싶다.

친구한테 맥 사주기

준혁이 생일 축하한다

니가 내년에 맥 산다길래 내가 올해
미리 사줄라고

이왕이면 큰 맥으로

오전 9:52

맥도날드
빅맥 세트

안영진님이 선물과 메시지를 보냈습니다.

선물함으로 가기

🎁 카카오톡 선물하기

오전 9:53

빅 맥이라고 들어봤나

오전 9:53

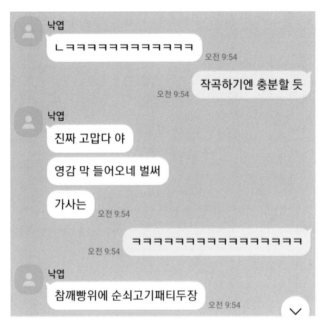

낙엽
ㄴㅋㅋㅋㅋㅋㅋㅋㅋㅋㅋㅋ
오전 9:54

작곡하기엔 충분할 듯
오전 9:54

낙엽
진짜 고맙다 야

영감 막 들어오네 벌써

가사는
오전 9:54

ㅋㅋㅋㅋㅋㅋㅋㅋㅋㅋㅋㅋㅋ
오전 9:54

낙엽
참깨빵위에 순쇠고기패티두장
오전 9:54

친구가 맥을 살 거라고 했다. 그래서 내가 생일선물로 맥을 사줬다. 빅맥. 이 친구가 사려고 했던 맥은 애플에서 파는 거고 내가 사준 맥은 맥도날드에서 파는 거다.

카톡 상메 정기구독

치타
너네 영진이 카톡상메
정기구독이나해라;

4분   좋아요   답글 달기   👍 1

안영진
이런

4분   좋아요   답글 달기

토일렛

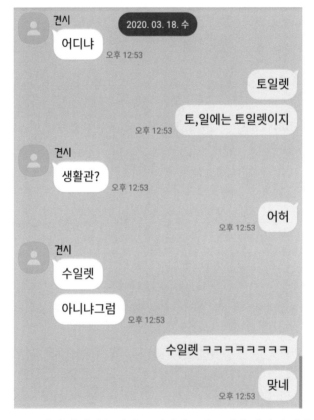

토요일에 화장실을 가야 토일렛이고 수요일에 가면 수일렛이었네. 알려줘서 고맙다.

학식 있는 사람

youngjean141 42분

학식 먹었으니까
난 학식 있는 사람이다

학식 먹어도 학식 있는 사람이 안 되더라. 일식 먹어도 일식
이 안 일어나는 거랑 똑같은 거다.

혹시 그 소문 들었나

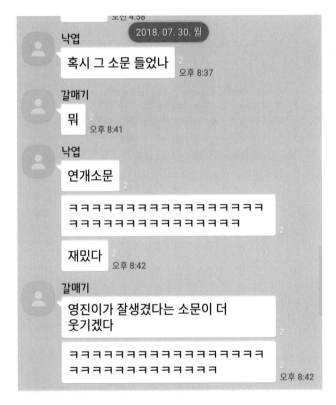

내가 잘생겼다는 소문은 사실인 걸로 밝혀졌다.

기가지니

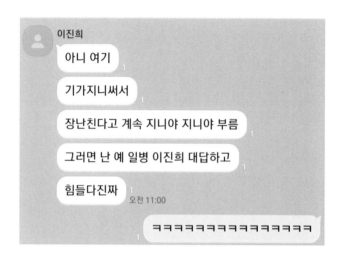

이진희

아니 여기

기가지니써서

장난친다고 계속 지니야 지니야 부름

그러면 난 예 일병 이진희 대답하고

힘들다진짜
오전 11:00

ㅋㅋㅋㅋㅋㅋㅋㅋㅋㅋㅋㅋㅋㅋㅋ

매일 연락하기

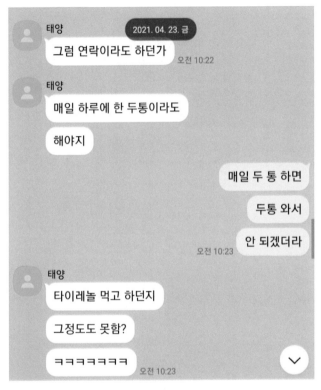

매일 연락을 한 두통씩 하면 두통이 와서 못할 수도 있다.
두통약이 두 통 남은 이유가 있었네.

한결같은 남자

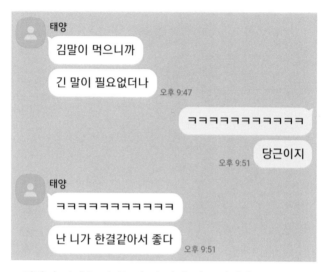

김말이 튀김을 먹었는데 긴 말이 필요 없었다는 드립에 대한 친구의 반응이다.